初階・下

小學生古詩遊

聽 讀 學

● 邱逸 著 ●

U0064069

中華教育

序

一年前的一個下午，一個偶然的文人茶聚，我們跟一些朋友聊到孩子「閱讀經典」的重要。

同是學習語文，我們都深刻體會到詩歌對想像力、創作力、鑒賞力、理解力，甚至對個人修養「詩教」的莫大益處。

在詩歌的世界裏，我們欣賞了「白毛浮綠水，紅掌撥清波」的童趣，看到「孤帆遠影碧空盡」的意境，領略「秦時明月漢時關」的厚重，體會「此物最相思」的情懷，感覺「卻教明月送將來」的趣味。當然，還學習了「力拔山兮氣蓋世」的史事和「勸君惜取少年時」的教誨。

二千五百多年前，孔子告訴我們，學習詩歌，可以讓一個人變得「溫柔敦厚」。自此以後，詩歌就成為了孩子們的啟蒙讀物，也成為了烙印

在中國人內心世界的優良文化。上至王侯將相，下至販夫走卒，總會背誦兩三句——「牀前明月光，疑是地上霜」、「誰憐寸草心，報得三春暉」。

　　然而，隨着科技的進步，生活節奏的加速，詩歌好像成了夏日的舊棉襖，被擱在一旁。或因為它過於艱深；或因為它不合時宜；總之，有千百種原因不再讀詩。

　　詩歌是中華文化千錘百煉的寶藏，是訓練孩子想像和視角的關鍵，是文字的樂高遊戲；因此，我們決定讓詩詞變得有趣，變得可親，變得平易近人。首先，在選材方面，我們以香港教育局課程發展處（中國語文教育組）選定的一百首詩歌為基礎，重新編目，這些詩歌經過諸位專家、學

者的考訂，程度切合香港小學生，也能配合他們日常學習需要。我們從孩子的感知和生活情境入手，孩子對甚麼先感興趣，我們就先選該詩解讀，篇幅適中，意象單一，比喻生動，由淺入深。

其次，在譯註方面，我們放棄了傳統的逐字解釋，也不追求字句的對譯；反之，我們選用了「意譯」的方法，務求把詩句的意境描繪出來。畢竟，古人觸手可及的事物，今日已成了紙上陳跡，孩子們不易掌握。故此，我們儘量用今日的語言，把舊時的意象表述出來，帶領孩子們慢慢走進詩人的情感世界。

再次，在品德教育方面，我們希望能做到「古為今用」。古人的情懷，孩子或許難以感受；可是，昔日的美好價值觀卻能通過詩歌來繼承。王之渙的遠大志向、虞世南的莊敬自強、王安石的高潔傲骨，都是我們想帶給孩子們的美好品德。

最後，在表述手法方面，除了文字，我們還邀請了葉愷璵、楊樸摯兩位小朋友參與，替這

一百首詩歌錄製粵、普音頻。孩子只要用手機掃一掃頁面上的二維碼，就能直接連結到音頻，一邊聽着兩位雖不甚標準卻天真爛漫的朗讀，一邊感受詩歌的優雅。

《論語·陽貨》說：「詩可以興，可以觀，可以群，可以怨。邇之事父，遠之事君。多識於鳥獸草木之名」。這正好替我們總結詩歌的三大功用：（1）訓練孩子的聯想力、觀察力、團隊精神與批判思辨能力。（2）教導孩子孝敬父母與處世之道。（3）教授孩子大自然常識。簡而言之，我們期望本書能陪伴着孩子成長，讓他們用最有趣的方法、在最輕鬆的環境下學習悠久的中國文化。

葉德平、邱逸

丁酉年正月初三

目錄

抒情

王 維

動態時報　　　關於

基本資料

🐾 生卒
公元701？—761

🐾 鄉下
太原祁縣（今山西省祁縣）

🐾 官職（部分）
**曾任右拾遺、
官終尚書右丞**

🐾 字／號
**字摩詰，
被稱為「詩佛」**

👥 朋友・798

王縉

張九齡

孟浩然

王昌齡

更多……

朋友　　　　　相片　　　　　更多▼

 王維新增了一張照片——覺得被逗樂了 😊

這不是紅豆……

👍❤️😆😠 347　　　　　　　　　　132留言

 王縉 哥，這是相思豆，是有毒的，你不要亂吃！

 王昌齡 王兄的照片很有詩意，如果能看到王兄為它寫的詩就好了！

相思

王維·五言絕句

紅豆生南國，
春來發幾枝？
願君多採擷，
此物最相思。

紅豆生長於南方，
入春以來不知長出多少枝條？
朋友啊，希望你多多採摘，
紅豆是最能寄寓思念離別之情的啊！

掃一掃

聽錄音！

😺 詩歌帶我遊：紅豆

詩中的紅豆非我們常見的食用性赤豆，而是相思豆，是豆科相思子屬的植物，攀緣灌木，枝細弱。相思豆非但不能吃，而且有**劇毒**，是**中草藥**的一種，千萬別亂碰亂吃！

😺 他寫這首詩：相思樹

在傳統社會裏，古人常以紅豆表達**思念之情**。

相傳戰國時魏國有一個女子，她的丈夫為抵抗別國的侵略，很久也沒有回家。她非常想念丈夫，最後病死了。在她的墳墓上長出來的樹木，樹枝都指向丈夫所在的方向，後人便稱此樹為相思樹，這樹所結的果實便是紅豆，又稱相思子。

王維通過紅豆，把抽象的情意表達在**具體**的事物中。

一　紅　豆●　生　南　國●，
hóng dòu shēng nán guó

　　春　來　發　幾　枝　？
chūn lái fā jǐ zhī

二　願　君　多　採　擷●，
yuàn jūn duō cǎi xié

　　此　物　最　相　思　。
cǐ wù zuì xiāng sī

1. 紅豆：紅豆樹，產於亞熱帶地方。它的種子鮮紅色，
可作裝飾物，古代文學作品中常用來象徵思念。

2. 南國：指南方。

3. 採擷：摘取。擷粵 kit3（揭）普 xié。

你種過植物嗎？種過甚麼？它們多在哪一季開花呢？對了，是春天，就像詩中生長在**南方**的紅豆，它們在**春天**才盛開。

而詩人看似隨口一問「發幾枝」，表面看來是關心紅豆的生長狀況；實際上，亦是關心身在南方的朋友的情況。

二 詩人想念朋友，也希望朋友不要忘記自己，但是他並不直言，轉而勸朋友要**多多採摘紅豆**。為甚麼呢？因為紅豆又被稱為**相思子**，最能表達相思——我想念你，你也想念我。

😺 親親這首詩

　　這是一首藉紅豆表達**思念情意**的詩。全詩寫得親切而細膩，真摯而含蓄，廣受讀者喜歡。

😺 我和詩歌手牽手

　　假設有一位朋友從外地來港探望你，你會用甚麼東西表達你對朋友的歡迎及關心呢？為甚麼？

田園詩人

唐朝詩人王維特別擅長寫山水詩，詩意恬靜、幽遠，富有佛家禪意。另外他繪畫相當了得，人們發現讀他的詩有如看一幅畫，所以對王維亦有「詩中有畫，畫中有詩」的讚美。

注：相思豆含有劇毒，
千萬別學小貓！

王安石

動態時報　　　關於

基本資料

🐾 生卒
公元1021—1086

🐾 官職（部分）
宰相

🐾 身份
中國史上著名政治家、改革家；唐宋古文八大家之一。

🐾 字／號
字介甫

👥 朋友・11,068

曾鞏

歐陽修

周敦頤

文彥博

更多⋯⋯

朋友　　　　　相片　　　　　更多▼

 王安石新增了一張照片
在@飛來峯
雲～全部都是雲～

👍❤️😆😠 8,464　　　　　5,999留言

 周敦頤 浮雲真討厭呢，你說對不？#你懂的

 文彥博 可惡的浮雲！跟朝中小人一樣，陰魂不散！

飛來峯上千尋塔，
聞說雞鳴見日升。
不畏浮雲遮望眼，
自緣身在最高層。

登飛來峯

王安石．七言絕句

掃一掃

聽錄音！

在飛來峯極高的塔上，
聽說雞鳴時分可看到旭日初升。
我不怕浮雲會遮住視線，
只因為如今我身在最高層。

詩歌帶我遊：飛來峯

　　飛來峯在杭州西湖西，與靈隱寺隔溪相對，高 168 米。相傳東晉時，印度僧人慧理曾說此山很像天竺國 (古代的印度) 的靈鷲山，不知何以**飛到中國來**，人們便稱之為飛來峯。

他寫這首詩：雄心壯志

　　詩人王安石途經杭州時，寫下這首詩。當時，詩人約三十歲，正是年輕力壯之時，**志向遠大**，正好藉登飛來峯一抒抱負。

一　飛來峯上千尋❶塔，
聞說雞鳴見日升。

二　不畏浮雲遮望眼，
自緣❷身在最高層。

1. 尋：古代以八尺為尋。千尋即是很高的意思。
2. 自緣：因為。

一 你上過高山看風景嗎？在高山上，你會看天上的雲，還是地上的景？飛來峯是西湖邊上很高的山峯，詩人登上飛來峯上的千尋高塔，更是**高上加高**！這令他不禁想在雞鳴時看到紅日冉冉升起的景色。

二 詩人由登高的歡愉心情，進一步生出**積極奮鬥**的雄心壯志，希望有一天能施展才華。心在最高層，浮雲被踩在腳下，自然不能阻礙自己的視線。詩人得意極了，頓覺信心滿滿，表達出不怕艱難，**勇往直前**的堅定志向。

😺 親親這首詩

這首詩是詩人記述登飛來峯時的所見所感。

表面上，擋住視線的「浮雲」是一片雲；仔細一想，好像也可比喻為生活中的**困難**，或者當時阻擋詩人一展抱負的**奸詐小人**呢！

😺 我和詩歌手牽手

當你站在山頂，你是否覺得周圍的景物忽然變小了呢？你有甚麼感想？

飛來峯造像

飛來峯可說是中國佛教的聖地，山上一處石窟，保存有五代至元代五百多年間陸續完成的石雕佛像，達數百尊，是不可多得的藝術珍品。咦？這不是彌勒佛和十八羅漢嗎？

蘇軾

動態時報　　　關於

基本資料

🐾 生卒
公元1037－1101

🐾 鄉下
四川眉州眉山

🐾 文學史地位
中國史上偉大的文學家，為唐宋古文八大家之一

🐾 字 / 號
字子瞻，號東坡居士

👥 朋友・4,454

蘇洵　　　蘇轍

歐陽修　　　曾鞏

王安石　　　梅堯臣

朋友　　　　　　　相片　　　　　　　更多 ▼

 蘇軾在@童子的生活時報上留言。
童子，來，快幫我把這重重疊疊的花影掃開！掃不走的話，就罰你今晚沒飯吃，哈哈哈！

 1,227　　　　　　　　　　　　　　　　696留言

 童子 師父，明白了，我叫太陽趕緊下山把它送走，我就可以吃飯了，呵呵呵～

 謎之花影（？）少年，你太年輕了，你以為太陽下山我就會離開嗎？月亮還是會把我送回來的，嘿嘿嘿……

重重疊疊上瑤臺，

幾度呼童掃不開。

剛被太陽收拾去，

卻教明月送將來。

花影

蘇軾・七言絕句

掃一掃

聽錄音！

亭臺上的花影一層又一層，

幾次叫童子去打掃都掃不走。

傍晚太陽下山時，花影便隱退了，

但月光一照，花影又再出現了。

詩歌帶我遊：瑤臺

瑤是一塊美玉，瑤臺即用美玉造的樓臺，傳說中是**神仙居住**的地方。這裏指建築精美的樓臺。

他寫這首詩：生活情趣

詩人蘇軾性格豪邁，作品視野廣闊，幽默風趣。這首詩寫生活上的一件小事，以幽默俏皮的口吻，表達一種獨特的**生活情趣**。

一
重（chóng）重（chóng）疊（dié）疊（dié）上（shàng）瑤（yáo）臺（tái）❶，
幾（jǐ）度（dù）呼（hū）童（tóng）掃（sǎo）不（bù）開（kāi）❷。

二
剛（gāng）被（bèi）太（tài）陽（yáng）收（shōu）拾（shí）去（qù）❸，
卻（què）教（jiāo）❹明（míng）月（yuè）送（sòng）將（jiāng）來（lái）❺。

1. 瑤臺：建築精美的樓臺。

2. 掃不開：掃不走。

3. 收拾：執拾，整理。

4. 教：使、令、讓。〔古讀〕粵 gaau1（郊）
   普 jiāo。

5. 送將來：送來。將：語氣助詞。

你留意過陽光照耀下物體的影子嗎？你最喜歡自己、植物還是小動物的影子呢？詩人所詠的是「花影」，但是全詩沒有一個字提到「花」或「影」。

　　首句寫樓臺精美，花影一層又一層，美麗不已。詩人開玩笑地叫童子把它掃去，實際上怎可能把影子掃走？但作者的奇思妙想，使人讀起來很有情趣。

　　詩人接着以擬人手法寫太陽和月亮。黃昏時，太陽剛把花影帶走了，月亮一出來，又把花影送回來，這兩句語氣好像不高興，其實是詩人的幽默。詩中的太陽、明月、花影好像一羣頑皮的孩子，與詩人玩着捉迷藏的遊戲。

親親這首詩

這首詩寫生活上的一件小事，全篇寫的東西不多，但描寫花影層層變化，妙趣橫生。不過，詩人真的只是單純描寫花影嗎？還是有別的聯想呢？不如你找找還有沒有其他答案，跟身邊的朋友分享吧。

我和詩歌手牽手

如果你下次在陽光下看到自己的影子，會跟它說話嗎？你會與它說些甚麼悄悄話呢？

手影

利用手的影子可以模擬出不同的動物呢！和朋友比賽誰的手影做得最好吧！無論是兔子、小狗、大象，都可以靠你的雙手模擬出來啊！

唐寅

動態時報　　　　關於

基本資料

🐾 **生卒**
公元1470—1524

🐾 **鄉下**
吳縣（今屬江蘇省）

🐾 **畫作**
《騎驢歸思圖》、
《秋風紈扇圖》

🐾 **字 / 號**
字伯虎

👥 朋友·2,459

祝允明

文徵明

徐禎卿

張靈

劉嘉德

沈周

朋友　　　　　相片　　　　　更多▼

 唐寅新增了一張照片。
與公雞一同啼叫，再自拍一張，「哥哥個闆」～

😃❤️😆😡 721　　　　　　　　　1,063留言

 沈周 阿寅，你正經一點好不好，為師的臉都被你丟光了。

 祝允明 伯虎兄，你不要放棄治療啊！

 唐寅 別人笑我太瘋癲，我笑他人看不穿，哥哥個闆～

頭上紅冠不用裁，
滿身雪白走將來。
平生不敢輕言語，
一叫千門萬戶開。

畫雞

唐寅・七言絕句

頭上的紅色冠子不用特別剪裁，
雄雞身披雪白的羽毛雄糾糾地走來。
牠平生不敢輕易啼叫，
但叫的時候卻能使千家萬戶的門戶都打開。

詩歌帶我遊：雞

雞是最常見的一種家禽。在中國傳說中，雞是第一日所創造出來的生物。「天地初開，以一日作雞，七日做人。」而且雞也是十二生肖之一。

他寫這首詩：「畫」

詩人唐寅以賣畫為生，對山水、人物、花鳥都觀察入微。〈畫雞〉是詩人為自己所畫的一隻大公雞所題的詩，在這首詩中，他用文字把雞「畫」出來，活靈活現，通俗易懂，明白流暢。

一　頭上紅冠不用裁❶，
　　滿身雪白走將來❷。

二　平生不敢輕言語❸，
　　一叫千門萬戶開。

1. 裁：剪裁。
2. 走將來：走過來。將：語氣助詞。
3. 輕言語：輕易說話。

一

　　你喜歡畫畫嗎？畫畫的時候，你覺得最難的是甚麼？詩人看到遠處有一隻雄糾糾的大公雞正**昂首闊步**地走過來，他先從雞冠入手：頭頂的大紅雞冠，全身的潔白羽毛，顯得格外**神氣**。他用上兩種顏色：「紅」與「白」，色彩簡單而明亮，給人**氣宇軒昂**的感覺。

二

　　接着，他寫雞的貢獻。雄雞牠輕易不肯開口，牠只在早晨報曉，其他時間不會胡亂啼叫。但牠一啼叫，千萬人家給喚醒了，便是新的一天來臨。

　　平時默不作聲，有需要時造福千萬家，強烈的對比樹立了雄雞**高偉**的形象，表現了公雞具備的**美德**和權威。

🐱 親親這首詩

　　這是一首題畫詩，畫和詩的主角就是雄雞。畫面本是靜態的，但詩人呈現的卻是生動的**生活場景**，把雄雞高偉的形象及所具備的美德展現在讀者面前。細心想一想，你覺得雄雞的形象與詩人是不是很相似呢？

🐱 我和詩歌手牽手

　　雄雞平時不鳴叫，一鳴叫就喚醒千萬人。你身邊有沒有像雄雞這樣的人，平時不太說話，但一開口又使人信服呢？

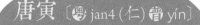
唐寅〔🔈 jan4（仁）🔈 yín〕

他除了是詩人，亦是畫家，齊來看看他的另一幅作品！

漢樂府

動態時報　　　關於

基本資料

🐾 背景

「樂府」起源於秦代，本指管理音樂的官署。漢代，漢武帝擴大「樂府署」的規模，令其搜集民間的歌辭入樂。因此，後世將由「樂府署」搜集整理的詩歌稱為「樂府詩」。

🐾 職責

採集民間歌謠或文人的詩來配樂，以備朝廷祭祀或宴會時演奏之用。

🐾 朋友・5,893

詩經協會

楚辭研究社

漢武帝

羅敷

焦仲卿

更多……

朋友　　　　　相片　　　　　更多 ▼

 漢樂府與@詩經協會@楚辭研究社——**分享喜訊**

想一舉成名嗎?快創作歌曲吧!想走人生巔峯嗎?快把你所創作的歌曲投稿給我們吧!

😊❤️😆😠 2,050　　　　　　　　　　1,374留言

 焦仲卿 孔雀東南飛,五里一徘徊……還有一百多句寫不下去了,等我蘊釀一下情緒。

 詩經協會 搶生意啊啊啊!!

 漢武帝 甚得朕心,甚得朕心。

江南

漢樂府．佚名

江南可採蓮，
蓮葉何田田，
魚戲蓮葉間。
魚戲蓮葉東，
魚戲蓮葉西，
魚戲蓮葉南，
魚戲蓮葉北。

江南盛產蓮花，
蓮花團團相依，圓大而茂密。
小魚兒在蓮葉之間穿梭嬉戲。
時而在東，時而在西，時而在南，時而在北，
千姿百態。

掃一掃

聽錄音！

詩歌帶我遊：漢樂府

漢武帝時，朝廷重建了由秦代傳下的「樂府」機構，負責採集民間歌謠、文人詩歌，並配以樂曲，以便在祭祀和宴樂時用。這類詩歌，我們稱之為「樂府詩」。樂府詩的特色是「感於哀樂，緣事而發」，意思是老百姓有感於當時社會現狀，所以創作了詩歌以表達情緒。

他寫這首詩：採蓮曲

江南是一片水域遼闊的地方，湖泊甚多。在夏天與秋天之際，湖面生長着大片大片的蓮。蓮的花、種子、嫩葉和根莖都可以食用；花瓣、葉和藕可以生吃，實用價值極高。所以每逢夏秋，江南的年輕男女會乘小舟或木盤下水，邊採蓮邊唱歌。這首詩便是江南民間採蓮時所唱的歌。

一
jiāng ná kě cǎi lián
江　南❶可　採　蓮　，
lián yè hé tián tián
蓮　葉　何❷田　田❸，
yú xì lián yè jiān
魚　戲　蓮　葉　間　。

二
yú xì lián yè dōng
魚　戲❹蓮　葉　東　，
yú xì lián yè xī
魚　戲　蓮　葉　西　，
yú xì lián yè ná
魚　戲　蓮　葉　南　，
yú xì lián yè běi
魚　戲　蓮　葉　北　。

1. 江南：長江以南的地方。
2. 何：多麼。
3. 田田：指蓮葉團團相連的樣子。
4. 戲：嬉戲。

一

　　詩歌首句描畫一幅江南採蓮圖：碧波蕩漾的江南水邊，一群少男少女乘小舟在田田蓮葉中穿梭採蓮。此刻，歡笑聲此起彼落，少男少女就像那些在蓮葉間的魚兒，恣意嬉戲暢玩。

　　首句的「可」是「正好」的意思，第二句的「何」則解作「如此」。在蓮葉「如此」茂盛的時節，不「正好」去採蓮嗎？

二

　　在當時，〈江南〉是一首能唱詠的「相和歌」。前三句是一人「唱」的部分，後四句就是三人「和」的部分了。這四句具體描寫了「魚戲蓮葉」的情景——看！魚兒是多麼活潑調皮，牠們在水中擺尾穿梭於東、西、南、北之間，這邊看一看，那邊鬧一鬧，很是愉快啊！

　　作者循環往復地寫魚兒作樂的姿態，同時亦映襯出採蓮人心情歡快，詩歌簡明、自然、質樸。

親親這首詩

這首詩歌屬於漢樂府「相和歌辭」類。特點是演唱時有人聲或樂器相和，有時是一人唱三人和，有時是琴瑟簫笙伴奏。這首詩前三句是「唱」的部分；最後四句是「和」的部分，從篇章佈局而言，收「一唱三歎」效果，大大深化了詩歌的主題。

值得留意的是，古詩常以「魚」比喻「最理想的配偶」（聞一多《神話與詩》）。第三句開始，詩人以「魚」比喻情人，彼此相親相愛，從蓮葉之東，一直嬉遊至蓮葉之北。

因此，這首詩表面上是寫景的《江南採蓮圖》，但實際上是暗寫少男少女的愛情宣言。

我和詩歌手牽手

你有沒有想過香港也有種蓮子的荷塘？原來粉嶺南涌有一個荷塘，那裏的「活耕建養地協會」每年中秋前夕都會採收蓮子。有空不妨去走走吧。

王翰

動態時報　　　關於

基本資料

🐾 生卒
不詳（你猜猜看？）

🐾 鄉下
晉陽（今山西太原）

🐾 才能
**以七絕見長，
擅寫邊塞詩**

🐾 字／號
字子羽

👥 朋友・507

張嘉貞　　張說

張九齡　　賀知章

徐堅　　　杜華

朋友　　　　　相片　　　　　更多▼

 王翰新增了一張照片
葡萄美酒夜光杯，今晚大家不醉不歸！

👍❤️😄😠 207　　　　　　　　　　182留言

 張說 等我去邊塞的時候，必定來找你痛飲三杯！

 王翰 好啊！我和我的夜光杯恭候大駕！

葡萄美酒夜光杯，

欲飲琵琶馬上催。

醉卧沙場君莫笑，

古來征戰幾人回？

涼州詞

王翰・七言絕句

掃一掃

聽錄音！

葡萄美酒盛滿在精美的夜光杯中，

正要飲用時，

遠處卻傳來催促出發打仗的號角聲。

如果我在戰場醉倒了，

大家千萬不要笑我。

從古到今，

又有多少人能從戰場上活着回來呢？

詩歌帶我遊：涼州

涼州，在今天甘肅、寧夏一帶。因那裏氣溫寒冷而叫「涼」州。

他寫這首詩：邊塞生活

作者王翰長期在西北邊疆做官，熟識當地風土人情，他的詩多描寫壯麗山河。這首〈涼州詞〉則以邊塞生活作為題材，描寫將士出發打仗前的複雜心情。

一　葡萄美酒夜光杯❶，
　　pú táo měi jiǔ yè guāng bēi
　　欲飲琵琶馬上催。
　　yù yǐn pí pá mǎ shàng cuī

二　醉臥沙場❷君莫笑，
　　zuì wò shā chǎng jūn mò xiào
　　古來征戰幾人回？
　　gǔ lái zhēng zhàn jǐ rén huí

1. 夜光杯：傳說周穆王時，西方胡人獻夜光杯，為白玉所製，能照明黑夜。

2. 沙場：廣闊的沙地，正是交戰的場所，後多指戰場。

一　　也許我們都有這種經歷：當你正準備好要玩耍時，忽然老師叫我們回課室上課。興致被生生打斷的感覺，實在太難受了！

這首詩中的戰士們亦面對相似的問題：當要好好飲食時，卻傳來了**出征的號角聲**。他們的心情該有多**失望**啊！

二　　但戰士們的心態很好，他們知道自己最重要的工作是上戰場，保家衞國。表面上，他們顯得十分從容，開玩笑般說自己喝酒喝多了，可能在戰場上醉倒；但心裏卻明白戰場兇險，自己可能**一去不還**。

🐱 親親這首詩

這首詩表面上在寫戰士們在飲酒作樂的場境，但當戰鼓響起時，戰士們**視死如歸**地奔向戰場。

這種前一刻作樂，下一刻作戰，不知生死，既**豪壯又悲壯**的氣氛，給讀者的印象非常深刻。

🐱 我和詩歌手牽手

我們總會面對是先學習，還是先玩耍的決定，你會如何選擇呢？你會像戰士們般明白哪些事才是對自己最重要的嗎？

重要的事首先做

寫下重要的事，提醒自己吧！

王維

動態時報　　　關於

基本資料

🐾 生卒
公元701?—761

🐾 鄉下
太原祁縣(今山西省祁縣)

🐾 官職(部分)
**曾任右拾遺、
官終尚書右丞**

🐾 字 / 號
**字摩詰,
被稱為「詩佛」**

🐾 朋友・798

王縉　　張九齡

孟浩然　王昌齡

更多……

朋友　　　　　相片　　　　　更多▼

 王維在@藍田輞川別墅
是不是有人在附近行山呢？怎麼好像聽到有人說話的聲音？

👍❤️😆😤 125　　　　　　　　　　　69留言

 王縉 老哥，你該不會是撞鬼了吧（奸笑）

 王昌齡 是不是摩詰兄你的別墅太靜了，才讓你有錯覺？這算是曲線炫富嗎？（沉思）

空山不見人，
但聞人語響。
返景入深林，
復照青苔上。

鹿柴

王維・五言絕句

掃一掃

聽錄音！

空蕩蕩的山裏，看不到一個人，

只隱隱聽到有人說話的聲音。

夕陽餘暉穿入深深的樹林，

然後照到青苔上。

詩歌帶我遊：青苔

青苔是水生苔蘚植物，翠綠色，生長在水中或陸地陰濕處。青苔愈多，代表水的污染愈嚴重。青苔會爭奪其他藻類的生活空間，並消耗池塘水中的養料，影響浮游生物的繁殖，使池水含氧量偏低。

他寫這首詩：《輞川集》

王維晚年潛心向佛，過着隱居的生活。他在藍田輞川有一座別墅，並以自編詩集《輞川集》記錄這段隱居生活。這首〈鹿柴〉是其中的第五首。

一

空 山[1] 不 見 人 ，
kōng shān bú jiàn rén

但 聞 人 語 響 。
dàn wén rén yǔ xiǎng

二

返 景[2] 入 深 林 ，
fǎn yǐng rù shēn lín

復[3] 照 青 苔 上 。
fù zhào qīng tái shàng

1. 空山：空曠幽靜的山谷。
2. 返景：落日的反照。景通「影」，粵 jing2（影）普 yǐng。
3. 復：再。

幻想一下你到郊外遠足，四下無人，只有茂密的林木和自然的風聲——對了，詩人當年也身處差不多的環境中。

起首兩句，詩人描繪**山林的安靜**。山是怎樣的山？是「空」山，很**空曠**。有多空曠？左望右看，都找不着一個人！雖然看不見人，卻能聽見「人語響」。正正因為空曠、安靜，才顯得人聲格外清晰響亮呢。

山中人影稀疏而**樹影婆娑**，林木非常茂盛。青苔生長在陰暗潮濕的地方，只有夕陽從樹的縫隙中斜照進來，才能獲得片刻亮光。這麼大的山林，卻只得一抹餘暉，可見頭頂上全是大片大片樹蔭，遮住了日光。

親親這首詩

這首詩描繪了鹿柴附近的山林傍晚時分的安靜景色，「靜」是這首詩要表達的景象；而能描繪出如此安靜恬淡的景色，詩人心中的平和，也可想而知了。

我和詩歌手牽手

城市的熱鬧跟郊野的安靜，你比較喜歡哪一種？

鹿柴

柴：⟨粵⟩zaai6（寨）⟨普⟩zhài，是指四周有柵欄圍着的地方。鹿柴是在詩人別墅內圍着鹿的建築物。

王維

動態時報　　　　關於

基本資料

🐾 生卒
公元701？—761

🐾 鄉下
太原祁縣（今山西省祁縣）

🐾 官職（部分）
**曾任右拾遺、
官終尚書右丞**

🐾 字 / 號
**字摩詰，
被稱為「詩佛」**

👥 朋友・798

王縉

張九齡

孟浩然

王昌齡

更多……

朋友　　　　　　相片　　　　　　更多▼

王維新增了一張照片——在藍田輞川別墅
坐在竹林中彈琴，又有明月相伴，真寫意啊！

👍❤️😆😠 479　　　　　　　　　　　　318留言

 孟浩然 別墅老是常出現，速離，否則雙眼都要被閃瞎了 >.<

 王縉 月亮作伴，有毒有毒。

獨坐幽篁裏，

彈琴復長嘯。

深林人不知，

明月來相照。

竹里館

王維・五言絕句

掃一掃

聽錄音！

獨自坐在幽靜的竹林裏，
一邊彈琴，一邊高歌。
沒有人知道我就在這竹林深處，
只有皎潔的月光特地來為我照亮四周。

詩歌帶我遊：琴

中國傳統的琴，亦稱「七弦琴」，通稱古琴。在古時候，讀書人的修養是用琴、棋、書、畫四方面的才能來表現的，彈琴為四門藝術之首。

他寫這首詩：竹里館

王維晚年在別墅裏過隱居的生活。竹里館是他別墅內的建築物之一，因建於竹林深處而得名，他喜歡在那彈琴高歌，怡然自得。

一　獨坐幽篁❶裏，
　　dú zuò yōu huáng lǐ

　　彈琴復長嘯❷。
　　tán qín fù cháng xiào

二　深林人不知，
　　shēn lín rén bù zhī

　　明月來相照。
　　míng yuè lái xiāng zhào

1. 幽篁：幽靜的竹林。篁⟨粵⟩wong4（皇）⟨普⟩huáng。
2. 嘯：撮口發出悠長清脆的聲音，古人常以這種方式抒發情懷。嘯⟨粵⟩siu3（笑）⟨普⟩xiào。

獨自一個人的時候你喜歡做甚麼？是玩遊戲？還是看動畫？古時候沒那麼多娛樂，況且詩人身處幽靜的竹林中，呼天不應叫地不聞，怕會悶瘋了吧？但詩人偏不！他獨處時一點都不覺得寂寞，他彈琴自娛，有時還會高歌。

這份安靜和閒適，你能夠體會得到嗎？

 雖然「人不知」——四下連個說話的人都沒有，甚至連知道他在深林中的人也沒有，但詩人很是享受這份自在。

「明月來相照，正好伴我彈琴呢！」詩人懷着自得其樂的心，創造出一種幽雅、安靜的意境，並散發出逍遙自在的韻味。

親親這首詩

　　這是一首寫景寫情之作。詩人以一幅優美的月下竹林彈琴圖，寫出**悠遊閒適**的心境。

　　值得注意的是，詩歌以描寫動作和景色為主，例如獨坐、彈琴、長嘯是動作；幽篁、深林、明月是景色，對抒發內心情感，好像未着一字。但仔細品味一下詩中畫面，詩人**淡泊自在**的心境，都躍然紙上了。

我和詩歌手牽手

　　你平日有沒有培養甚麼興趣？動態的如打球、跑步、游泳；靜態的如彈奏樂器、畫畫、閱讀……這些興趣是需要團體配合，還是獨自進行便可？它們又能帶給你怎樣的感受呢？

動態時報　　　關於

基本資料

🐾 生卒
公元698？－756？

🐾 鄉下
**京兆長安
（今陝西省西安市）**

🐾 官職（部分）
**曾任江寧丞、
龍標尉等官職**

🐾 字 / 號
字少伯

👥 朋友・936

崔國輔　　孟浩然

李白　　岑參

王維　　李頎

王昌齡新增了一張照片

李廣將軍啊,你在哪兒?快來幫助我們殺光敵人吧!

😊❤️😆😠 3,048　　　　　　　　　　　1,896留言

岑參 少伯兄不如披甲上陣,親自當「飛將軍」吧!

李頎 不愧為七絕聖手,好詩,好詩!

朋友　　　　相片　　　　更多▼

秦時明月漢時關，
萬里長征人未還。
但使龍城飛將在，
不教胡馬度陰山。

出塞

王昌齡・七言絕句

掃一掃

聽錄音！

那是秦漢時期的明月和邊關，

到萬里以外作戰的戰士至今還未回來。

假如龍城的飛將軍李廣如今還在，

我們絕不容許敵人走過陰山。

詩歌帶我遊：陰山

陰山橫亙內蒙古自治區中部，是古代中原漢族抵禦北方遊牧民族的**屏障**，存留的名勝有昭君墓、戰國趙長城等。古今有許多著名詩句描寫陰山，如南北朝著名民歌《敕勒歌》中，有名句「天蒼蒼，野茫茫，風吹草低見牛羊。」

他寫這首詩：名將難求

詩人王昌齡生於唐朝初期。那時候，剛建國的唐朝跟外族經常在邊境交戰。這一打架，朝廷不斷**徵兵**，但雙方難分難解，戰爭打了很久還未結束。詩人寫下這首詩，既是希望戰士能早日回家，也希望唐代能出一位像李廣一樣**驍勇善戰的將軍**。

一　秦^{qín}時^{shí}明^{míng}月^{yuè}漢^{hàn}時^{shí}關^{guān}，
萬^{wàn}里^{lǐ}長^{cháng}征^{zhēng}❶人^{rén}未^{wèi}還^{huán}。
二　但^{dàn}使^{shǐ}龍^{lóng}城^{chéng}飛^{fēi}將^{jiàng}❷在^{zài}，
不^{bù}教^{jiāo}❸胡^{hú}馬^{mǎ}❹度^{dù}陰^{yīn}山^{shān}。

1. 長征：長途行軍、打仗。
2. 飛將：指漢代名將李廣，英勇善戰，匈奴稱之為「飛將軍」。
3. 不教：不讓。〔古讀〕教⑨gaau1（郊）⑤jiāo。
4. 胡馬：「胡」是古代對西方和北方外族的通稱。「胡馬」即指騎着戰馬入侵的外族。

你家門口有沒有保安叔叔或姨姨？知道他們的工作是甚麼嗎？

為防止敵人入侵，很早以前，人們便懂得修築堅固的**關防**。詩中說：明月還是秦漢時的明月，邊關還是秦漢時的邊關；而防守邊疆、跟入侵的外族作戰，雖歷千年依然不變。如今一批批戰士仍然在萬里之外駐紮，**不得歸鄉**。

面對邊境戰爭不利的現實情況，人民自然想到漢代智勇雙全、令敵人聞風喪膽的**飛將軍李廣**。要是有李廣那樣的將領來統率部隊的話，就不會讓敵人南下，危害國家的安全了。

親親這首詩

這首詩是將**古**和**今**對比，希望古代的名將能出現，讓征戰萬里的戰士能早日回家。

詩人以名將李廣為例，發出像「如果……就好了」的祈願，是不是也隱含着對唐朝未能任用有能之人、造成戰事失利的諷刺呢？

我和詩歌手牽手

古人為了防禦外敵，會築起屏障，比如萬里長城，從戰國時期一直到明清，都發揮了一定的軍事作用。

但你可能不知道，在香港這個繁華而和平的都市裏，我們也能找到從前軍事防禦工程的痕跡。你聽說過沙田的古蹟「曾大屋」嗎？「曾大屋」是一條圍村，外圍有兩層高的圍樓，四角更設有三層高的炮樓！

你有興趣親自到「曾大屋」一遊嗎？

李白

動態時報　　　關於

基本資料

🐾 生卒
公元701—762

朋友・799

🐾 文學史地位
中國史上偉大的詩人，與杜甫齊名。詩風浪漫、想像奔放，被尊稱為「詩仙」、「詩俠」和「謫仙人」等。

孟浩然　　李邕

崔成甫　　賀知章

杜甫　　高適

🐾 字／號
字太白，號青蓮居士

朋友　　　　　　相片　　　　　　更多▼

 李白與@孟浩然──在黃鶴樓
孟兄，今日為你餞別，沒有甚麼可以給你，只好寫首詩送你了，希望你別嫌禮物簡陋，再見了！

 438　　　　　　　　　　　　　　　265留言

 孟浩然 多謝太白弟，有你這首詩伴我下揚州，夫復何求？

 賀知章 原來想要李兄大作要先有離別，甚麼時候我也去遠行一趟，讓你送別一下好了（笑）！

故人西辭黃鶴樓，

煙花三月下揚州。

孤帆遠影碧空盡，

唯見長江天際流。

黃鶴樓送孟浩然之廣陵

李白・七言絕句

掃一掃

聽錄音！

我與將要東行的老朋友在黃鶴樓辭別，

他在春光明媚的三月到揚州去。

船影漸漸消失在碧藍的天際，

只看見長江水滾滾向天邊奔流。

詩歌帶我遊：黃鶴樓

黃鶴樓位於武漢市武昌，是江南四大名樓之一。黃鶴樓位處長江邊上，登樓遠望，視野遼闊，氣象萬千。

他寫這首詩：送別好友

詩人李白在黃鶴樓送別朋友孟浩然，他們兩人交情很深，李白寫下了這首詩，表達了他對老朋友的惜別之情，也祝願朋友一帆風順。

一
故人^❶西辭黃鶴樓，
煙花^❷三月下揚州。

二
孤帆遠影碧空盡^❸，
唯見長江天際^❹流。

1. 故人：老朋友，這裏指孟浩然。
2. 煙花：指明媚絢麗的春景。
3. 碧空盡：在碧藍色的天邊盡處消失。
4. 天際：天邊。

一 　　你回想一下送別朋友時的情境，當時的心情是怎樣的？詩人的好友在三月乘船東下揚州，詩人與他在黃鶴樓上分別。看到春光明媚的景色，兩人心中沒有悲傷，只有**依依不捨**之情。

二 　　詩人站立在長江邊上，看着漸漸遠去的客船。他一直看一直看，直到**船影**消失在碧藍的天空盡頭，眼前只剩下滔滔不斷的江水流向無際的天邊，可見詩人對友人十分不捨。

🐱 親親這首詩

　　這是一首送別詩，卻沒有送別的傷感。雖然詩人與朋友離別時有點依依不捨，但兩人心情還是輕鬆愉快的。

🐱 我和詩歌手牽手

　　你送別朋友時的環境會不會影響你的情緒呢？會否想到他們將去的是甚麼地方？你覺得朋友希望你用甚麼心情送他們呢？

黃鶴樓

黃鶴樓距今已有 1780 多年歷史，歷年不斷受破壞，又不斷復修興建，現在的黃鶴樓是於 1985 年重建的。而圖中的黃鶴樓則是 1870年的黃鶴樓。

杜牧

動態時報　　　關於

基本資料

🐾 生卒
公元803—852

🐾 鄉下
**京兆萬年
（今陝西省西安市）**

🐾 身份
詩人，古文家「小杜」

🐾 字 / 號
字牧之，號樊川

📖 朋友・614

李商隱　　　李德裕

崔郾　　　牛僧孺

周墀　　　張好好

朋友　　　　　　　相片　　　　　　　更多 ▼

 杜牧新增了一張照片
賞楓潮流，由我而起！

👍❤️😆😠 333　　　　　　　　　　　　　　129

 李商隱 有好東西都不介紹給我，真不夠兄弟！

 張好好 難怪近日被楓葉洗版，原來是出自杜兄的手筆！

遠上寒山石徑斜，
白雲生處有人家。
停車坐愛楓林晚，
霜葉紅於二月花。

山行

杜牧・七言絕句

從一條彎彎曲曲的小路走向山頂，
在白雲飄浮的地方有幾戶人家。
我們停下車來欣賞這楓林的景色，
那火紅的楓葉比江南二月的花還要紅。

詩歌帶我遊：楓葉

　　楓葉是楓樹的葉子，一般為掌狀五裂型，葉脈上有毛，葉面粗糙，為中綠至暗綠色，秋季變為黃色至橙色或紅色。古人對楓樹紅葉的美麗早有認識，喜歡將楓樹栽在庭院中觀賞。

他寫這首詩：賞秋

　　這首詩描繪詩人杜牧行山時所見的秋色。他從一條彎彎曲曲的小路出發，到山頂時，白雲飄飄，遠方有幾處房舍，詩人因為愛看楓林晚景，停下來慢慢欣賞，和美景融為一體。

一　遠上^❶寒山^❷石徑斜，
yuǎn shàng hán shān shí jìng xié

白雲生處有人家。
bái yún shēng chù yǒu rén jiā

二　停車^❸坐^❹愛楓林晚，
tíng jū zuò ài fēng lín wǎn

霜葉紅於二月花。
shuāng yè hóng yú èr yuè huā

1. 遠上：指石徑盤旋曲折向上伸展，直到山的深處。

2. 寒山：處於深秋季節的山。

3. 車：粵 geoi1（居）普 jū。

4. 坐：因為。

一　秋天天高氣爽，是登山的好時節，詩人也選擇在秋日登山看風景。這座山高聳入雲，山路蜿蜒曲折，沿着石徑望去，便見到白雲和人家。一個「生」字，寫出白雲飄浮的動態，也帶出「人家」的朝氣。

二　時間已近傍晚，忽然，詩人眼前一亮，發現一片楓林在前面，於是停下車來仔細觀賞。楓葉有多美呢？這一大片一大片的紅色，比早春二月的鮮花還要美麗動人。

親親這首詩

　　中國文人寫「秋」，向來以「蕭瑟」為主調，氣氛較為悲傷。這首詩卻把楓葉之美寫得淋漓盡致，把秋天寫得**絢麗而富活力**，反映出詩人爽朗的個性。

我和詩歌手牽手

　　你最喜歡在哪個季節登高郊遊，為甚麼？

　　大自然非常奇妙，山中景色有如我們身上所穿衣服，隨着四季的冷暖而有所變化，不盡相同，趕緊去體驗一下吧！

賞楓

一起到香港的大棠郊野公園賞紅葉吧！考考你，你還知道香港的哪些地方可以賞紅葉呢？

楊萬里

動態時報　　　關於

基本資料

🐾 生卒

公元1127—1206

🐾 成就

曾作詩二萬餘首,今存四千二百多首,可能是中國文學史上寫詩最多的作家

🐾 字 / 號

字廷秀,號誠齋

👥 朋友・483

高守道

王庭珪

劉才邵

張九成

張浚

胡銓

朋友　　　　　相片　　　　　更多▼

 楊萬里新增了一張相片
蜻蜓的近鏡還真不易捕捉，幾經辛苦才拍下了照片，一定要為牠寫一首詩！

👍❤️😆😠 201　　　　　　　　　117

 高守道 廷秀，你新寫的〈小池〉寫得不錯，為師甚是滿意！

 王庭珪 同意高兄之說，為師也再沒甚麼可以教你的了。

泉眼無聲惜細流，

樹陰照水愛晴柔。

小荷才露尖尖角，

早有蜻蜓立上頭。

楊萬里・七言絕句

小池

掃一掃

聽錄音！

泉眼像是捨不得細細的水流而悄然無聲，

樹蔭倒映水面是因喜愛晴天的輕柔。

嬌嫩的小荷葉剛從水面露出尖尖的角，

看！早有一隻蜻蜓立在它的上頭。

詩歌帶我遊：蜻蜓

蜻蜓是一種昆蟲，多在春天至秋天出現，牠的特徵包括碩大的複眼，兩對強而有力的透明翅膀以及修長的腹部，常成羣結隊，在水邊飛行。

他寫這首詩：觀察入微

詩人楊萬里曾作詩二萬餘首，今有四千二百多首存世，可能是中國文學史上寫詩最多的作家。這首〈小池〉是他看見自然景色後，捕捉景物特徵，並以自然活潑的語言寫出來，甚為生動巧妙。

一　泉眼^❶無聲惜細流^❷，

<small>quán yǎn wú shēng xī xì liú</small>

樹陰照水愛晴柔^❸。

<small>shù yīn zhào shuǐ ài qíng róu</small>

二　小荷才露尖尖角^❹，

<small>xiǎo hé cái lù jiān jiān jiǎo</small>

早有蜻蜓立上頭。

<small>zǎo yǒu qīng tíng lì shàng tóu</small>

1. 泉眼：流出泉水的窟窿。
2. 細流：細細流淌的泉水。
3. 晴柔：明淨柔美。
4. 尖尖角：剛露出水面的嫩荷葉，捲起來的，又小又尖。

一

　　詩人是一位古代的「攝影師」，他用眼睛和筆把身邊的自然景物出色地「拍」下來。

　　照片命題是小池：泉眼靜靜地讓水流出，像是捨不得泉水流走似的。池邊的樹木，把自己枝繁葉茂的樹蔭投影在清澈的池面上，彷彿依戀那晴光下柔和的水波。

二

　　接着，詩人寫剛長出來的荷葉，葉面捲曲，好像一個尖尖的小角，調皮的蜻蜓卻已迫不及待地站立在上面歇息。

　　「小」與「尖尖」的荷葉和蜻蜓，是不是顯得小巧玲瓏、天真可愛呢？而蜻蜓的出現，更為小池帶來了活力和朝氣！

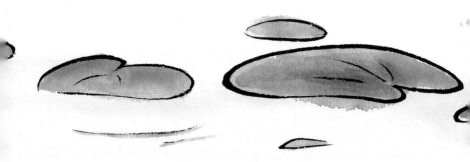

親親這首詩

　　這首詩猶如照片，詩人以筆為照相機，迅速拍下**自然景物**的瞬間動靜，活靈活現。

　　在詩人的眼中，泉眼懂得憐惜流水，樹蔭也愛照鏡子；荷葉充滿生機，蜻蜓更是調皮。從靈活輕快的筆調中，不難體會詩人當時**輕鬆自得**的心情。

我和詩歌手牽手

　　假如眼下有一個攝影比賽，題目是「春夏的公園」，你將會以哪些事物為拍攝對象呢？你希望這幅作品能帶出怎樣的訊息呢？

植物的感情

很多詩歌中的植物都有着不同的心情，你認為死物本身會有自己的感情嗎？又或是詩人把自己的心情放進了植物之中？你又有沒有幻想過家裏的玩具會自己動、會有自己的感情呢？

項羽

動態時報　　　關於

基本資料

🐾 生卒
公元前232—前202

🐾 鄉下
下相
（今江蘇省宿遷縣西）

🐾 身份
楚國貴族、西楚霸王

🐾 名和表字
名籍，字羽

👤 朋友・8,767

項梁　　　**楚懷王**

范增　　　**劉邦**

項莊　　　**更多……**

朋友　　　　　　相片　　　　　　更多▼

 項羽與@虞姬──在聽楚歌
愛妾虞姬啊！和我一起吟唱垓下歌吧！

😊❤️😆😠 21,077　　　　　　　　　15,649留言

 將士甲 項王你不要再唱了，我們都已經泣不成聲了⋯⋯

 將士乙 劉邦豎子！文韜武略都比不上霸王！成天只會搞「十面埋伏」這種偷雞摸狗的事！

力拔山兮氣蓋世，

時不利兮騅不逝。

騅不逝兮可奈何，

虞兮虞兮奈若何！

垓下歌

項羽

掃一掃

聽錄音！

我的力量可以翻起大山啊，

豪氣世上無人可比。

可是這時代對我不利啊，

我的烏騅馬也跑不起來了。

烏騅馬跑不起來啊，我能怎麼辦呢？

虞姬啊虞姬，我們能怎麼辦呢？

詩歌帶我遊：垓下

垓〔粵 goi1（該）普 gāi〕下位於今安徽省靈璧縣境內睢水至洨水（今沱河）間開闊的平原地區，是一個古戰場，是楚漢相爭時項羽與劉邦決戰的地方。

他寫這首詩：一敗塗地

這首詩相傳是項羽在垓下被包圍時所作的。當時項羽被重重包圍，聽到四面傳來漢軍高唱楚歌的歌聲，覺得自己會打敗仗，於是創作了這首歌，並和他身邊最親的虞姬一起唱。

一 　力 拔 山 兮[1] 氣 蓋 世 ，
　時 不 利 兮 騅[2] 不 逝[3] 。

二 　騅 不 逝 兮 可 奈 何 ，
　虞[4] 兮 虞 兮 奈 若[5] 何 ！

1. 兮：粵 hai4（奚）普 xī。是楚國人的慣用語助詞，相當於「啊」。
2. 騅：粵 zeoi1（錐）普 zhuī。這裏指跟隨項羽多年的戰馬烏騅。
3. 逝：奔馳。
4. 虞：項羽的侍姬，姓虞，故稱為虞姬。
5. 若：你。

一　你覺得自己能力強嗎？試過做事不太順利嗎？你認為成功和失敗是因運氣的緣故嗎？項羽認為自己有蓋世的才幹，在過去的戰爭中所向披靡。但這一切都已成為過去。因為**時運不好，面臨兵敗**，連自己心愛的烏騅馬也不能再跑起來。

二　遇到不順利的事情，你會和最親近的父母說嗎？項羽英雄末路，心裏既沉重又悲痛，只能和身邊最親的虞姬一起面對。他不禁發出**絕望的呼喊**：我們可以怎麼辦呢？

🐱 親親這首詩

　　這首詩描寫項羽意識到自己面臨戰敗的痛苦和絕望。詩中表現出項羽的**英雄氣概**，又寫出英雄在末路時的**悲壯情懷**，令人感歎。

🐱 我和詩歌手牽手

　　生活並非一帆風順，我們總會遇上不太順利的時候，例如想做的做不了，不願做的被迫着做。好大壓力喔！

　　這時候，你會怎樣處理呢？是跟項羽一樣，與身邊親近的人訴說，還是默默努力改善處境？

司空曙

動態時報　　　關於

基本資料

🐾 生卒
公元720？—790？

🐾 鄉下
廣平
(今河北省雞澤縣)

🐾 身份
「大曆十才子」之一

🐾 字/號
字文明

👫 朋友・614

李約　　　盧綸

錢起　　　韓翃

更多……

朋友　　　　　　　相片　　　　　　　更多 ▼

 司空曙——覺得很睏

剛釣魚回來，就感覺到周公急召了，不說了，先睡一睡再說～祝我做個好夢，大家晚安！

 228　　　　　　　　　　　　　　　　99留言

 李約 你不要跟我說你又不把船繫好就去睡了，明早不要跟我說不知道自己在哪啊！

 錢起 算了吧，我看他早就睡了，只希望今晚不要下雨……（奸笑）

釣罷歸來不繫船，
江村月落正堪眠。
縱然一夜風吹去，
只在蘆花淺水邊。

江村即事

司空曙・七言絕句

掃一掃

聽錄音！

我釣魚歸來，卻懶得把船繫上，

在臨江村莊上，月已西沉，正好安睡。

即使夜裏起風，小船被風吹走，

也只是停擱在長滿蘆花的淺水岸邊罷了。

詩歌帶我遊：蘆花

蘆花，蘆葦的花，通常夏秋開花，花白綠色或褐色，多長於河流、池沼岸邊淺水中。

他寫這首詩：江村的寧靜

詩人是在恬靜的心境下寫江村事物，他並沒有描寫江村景色，而是描寫江上釣魚人的行為及心理，反映江村生活，營造出真切而恬靜的意境。

一　釣罷^❶歸來不繫^❷船，
diào bà guī lái bú xì chuán

江村月落正堪^❸眠。
jiāng cun yuè luò zhèng kān mián

二　縱然一夜風吹去，
zòng rán yí yè fēng chuī qù

只在蘆花淺水邊。
zhǐ zài lú huā qiǎn shuǐ biān

1. 罷：完了。
2. 繫：用繩纜把船綁在岸邊。
3. 正堪：正好。

蘆葦

以當前事物為題材的詩，叫「即事詩」。這詩以臨江的村莊為題材，故名〈江村即事〉。江邊適合蘆葦生長，這一種植物可說是中國古詩文中的常客！

一

你試過到郊外鄉村欣賞美景嗎？詩人身處江村，以自由隨心的心境欣賞**恬靜的景色**：月亮沉落，時值深夜，大人和小孩都要睡覺了，所以連船也不繫住，任它輕輕搖動，舒舒服服，不就最能安然入睡嗎？

二

就算夜裏起風，小船也只是被吹到那長滿蘆花的淺水邊而已。可見詩人不受束縛、自由自在的心情。這裏，詩人從釣魚者**悠閒的心境**，寫出江村寧靜、優美、和諧的一面。

親親這首詩

詩人善於利用生活的細節，描寫安靜自然的江村事物。詩中的語言直率自然，配合富詩情畫意的景物，表達了詩人閒適恬靜、自由自在的心境。

我和詩歌手牽手

經過一星期的學習，週末時，我們有時會到郊外遊玩，欣賞大自然的景色，放鬆一下心情。你們去過甚麼地方遊玩呢？心情如何？快跟家人或朋友一起分享吧！

蘇舜欽

動態時報　　　　關於

基本資料

🐾 生卒
公元1009—1049

🐾 鄉下
開封

🐾 代表作
**〈城南感懷呈永叔〉、
〈吾聞〉、〈滄浪亭記〉**

🐾 字 / 號
字子美

👥 朋友・214

杜衍　　　　范仲淹

梅堯臣　　　蘇泌

富弼　　　　更多……

朋友　　　　　　相片　　　　　　更多▼

 蘇舜欽──**覺得低落** 😟
雨下一整晚 X 連周遭的花草 X 都是陰暗鬱悶的

👍❤️😆😠 97　　　　　　　　　　　　56留言

 范仲淹 大雨過後是晴天，蘇兄加油！

 梅堯臣 別把你的心情強加在花草之上啦，來來來，喝酒去！

淮中晚泊犢頭

蘇舜欽・七言絕句

春陰垂野草青青，
時有幽花一樹明。
晚泊孤舟古祠下，
滿川風雨看潮生。

掃一掃

聽錄音！

春天的陰雲垂落在原野，

到處綠草青青。

偶爾看見幽靜處的花朵，

花樹也顯得格外明亮。

黃昏的時候，我乘孤舟停靠在古廟旁，

在滿河的煙雨中凝望那漸生漸滿的潮水。

詩歌帶我遊：淮河

淮河位於中國東部，介於長江與黃河之間。淮河古稱淮水，其流域面積約為 27 萬平方公里，全長 1000 公里。與長江、黃河和濟水並稱「四瀆」，是中國**七大江河之一**。

他寫這首詩：旅途所見

宋仁宗慶曆四年（1044 年），詩人蘇舜欽被削職為平民，逐出京都。他由水路南行，抵達蘇州。這首詩是他在旅途中泊舟淮河的**犢**〔粵 duk6(讀) 普 dú〕**頭鎮**時所作。

一　春　陰❶垂　野❷草　青　青　，
chūn yīn chuí yě cǎo qīng qīng

　　時　有　幽　花❸一　樹　明　。
shí yǒu yōu huā yí shù míng

二　晚　泊　孤　舟　古　祠❹下　，
wǎn bó gū zhōu gǔ cí xià

　　滿　川　風　雨　看　潮　生❺。
mǎn chuān fēng yǔ kàn cháo shēng

1. 春陰：春天的陰雲。
2. 垂野：籠罩着原野。
3. 幽花：僻靜角落的花朵。
4. 古祠：古廟。
5. 潮生：潮水漲起來。

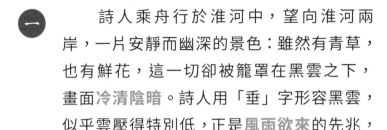

詩人乘舟行於淮河中，望向淮河兩岸，一片安靜而幽深的景色：雖然有青草，也有鮮花，這一切卻被籠罩在黑雲之下，畫面**冷清陰暗**。詩人用「垂」字形容黑雲，似乎雲壓得特別低，正是**風雨欲來**的先兆，詩人的情緒也難以平伏。

夜幕低垂，詩人把孤舟泊在犢頭古廟旁。此時淮河上風雨交加，詩人看着暴漲的潮水，又該是怎樣一種心情呢？

我們試想：「晚」是**黑沉沉**的，「舟」是**孤零零**的，外面「滿川風雨」，詩人卻沒有躲進被窩睡大覺，反而看「潮生」，他心裏應該藏着許多**鬱悶心事**吧？

⭐ 親親這首詩

這是一首**即興小詩**，描寫淮河春天的美景和晚泊犢頭之所見。「垂」、「陰」、「幽」、「孤」、「風雨」等字眼，正暗暗流露出作者**難以平伏**的情緒。

⭐ 我和詩歌手牽手

我們常說「觸景生情」，以你的體會，「景」為何會影響到我們的「心情」？反過來說，「心情」又是否會影響我們對「景」的觀感呢？

雷雨交加

在雷雨交加的晚上，你會否覺得特別不安，特別想留在父母親身邊呢？

動態時報　　　關於

基本資料

🐾 生卒
公元1021—1086

🐾 官職（部分）
宰相

🐾 身份
中國史上著名政治家、改革家；唐宋古文八大家之一。

🐾 字／號
字介甫

👥 朋友・11,111

曾鞏

歐陽修

周敦頤

文彥博

更多……

朋友 　　　　相片 　　　　更多▼

王安石——覺得苦惱 😠
請教全能的詩會大神，新作中「春風又到江南岸」
一句總是覺得怪怪的，到底可以怎樣修改呢？

👍❤️😆😡 6,234 　　　　　　　4,661留言

曾鞏 將「到」字改為「過」字又或是「滿」字如何？

王安石 感謝曾兄。幾經思量，就決定用你啦！「春風又綠
江南岸」！

泊船瓜洲

王安石・七言絕句

京口瓜洲一水間，
鍾山祇隔數重山。
春風又綠江南岸，
明月何時照我還。

掃一掃

聽錄音！

京口和瓜洲不過隔着一條長江，
瓜洲和鍾山也只隔着幾重青山。
温柔的春風吹綠了大江南岸啊，
可是，天上的明月呀，
你甚麼時候才能夠照着我回家呢？

詩歌帶我遊：南京

詩人所說的瓜洲、鍾山都位於江寧，即今天的南京市。南京有二千五百多年的歷史，先後有東吳、東晉、南朝宋齊梁陳、南唐和明初等定都南京，有**六朝古都**之稱。

正因如此，南京有極豐富的歷史古蹟和文化底蘊，有機會一定要去走一走！

他寫這首詩：當丞相了

詩人王安石跟隨父親定居江寧，從此江寧是他的第二故鄉。他寫這首詩，正是皇帝封他為丞相，他從家鄉出發到京城接受任命，在瓜洲渡泊船時作的。可想而知，當時他的心情很**愉快**。

一
京口瓜洲[1]一水[2]間，
鍾山[3]祇隔數重山。

二
春風又綠江南岸，
明月何時照我還[4]。

1. 瓜洲：即瓜洲渡，是長江的渡口，在揚州南面。
2. 一水：指長江。
3. 鍾山：今南京市紫金山，王安石的故居在此。
4. 還：回家。

人在心情愉快時，會覺得周圍環境與平日不同。

詩人寫自己泊船瓜洲時的所見所感。泊船瓜洲時，詩人很自然**向南望**，原來京口（鎮江）和瓜洲就隔着一條長江。詩人住過的鍾山也只是隔了幾座山而已。他卻把「數重山」的距離說得如此平常，反映了詩人的**心情輕鬆**。

春風吹過，大地出現一片新綠，景色十分美好，令人依戀。「春風」在這裏也有春風得意，心情愉快的意思。隔岸的景物雖然消失在朦朧的月色之中，但詩人卻開始**想家**了：甚麼時候明月才照着自己再返家園呢？

親親這首詩

　　這首詩寫**思鄉之情**，但詩人沒有表達任何憂愁之感，全詩洋溢着輕快的情緒——因為他這次得到皇帝的賞識，入京辦事。雖然離鄉別井，但想到能**一展才華**，腳步也能歡快起來呢。

我和詩歌手牽手

　　試想一下：你做了一件好事，父母決定帶你到郊外旅行以示獎勵。在前往郊外的路上，你會有甚麼心情呢？

綠

詩中第三句「春風又綠江南岸」中的「綠」，作動詞用，有染綠的意思。不說不知，詩人先後用入、過、到和滿等字，一共改了十幾次，最終才敲定「綠」字。有沒有覺得這個江南岸被春風一吹，綠油油特別有朝氣？

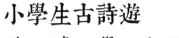

小學生古詩遊
聽・讀・學　初階（下）

作　　者　邱　逸

插　　圖　胡嘉慧
責任編輯　郭子晴　黃海鵬　劉綽婷
裝幀設計　明　志
排　　版　黎品先
印　　務　劉漢舉

出版　中華教育
　　　香港北角英皇道 499 號北角工業大廈 1 樓 B
　　　電話：（852）2137 2338　傳真：（852）2713 8202
　　　電子郵件：info@chunghwabook.com.hk
　　　網址：http://www.chunghwabook.com.hk

發行　香港聯合書刊物流有限公司
　　　香港新界荃灣德士古道 220-248 號
　　　荃灣工業中心 16 樓
　　　電話：（852）2150 2100　傳真：（852）2407 3062
　　　電子郵件：info@suplogistics.com.hk

印刷　中華商務彩色印刷有限公司
　　　香港大埔汀麗路 36 號中華商務印刷大廈

版次　2017 年 2 月第 1 版第 1 次印刷
　　　2021 年 12 月第 1 版第 2 次印刷
　　　©2017 2021 中華教育

規格　40 開（165mm×138mm）

ISBN　978-988-8463-04-6